比以前慢，比以後快

目錄 CONTENTS

第五輯 沒有誰可以帶走自己的骨灰

第四輯 如果在仲夏一個女人美麗

第三輯 不飛鳥

第二輯 背影的前方

第一輯 等待完全贖回完整的臉

自序 PREFACE

敘事：現實是除了帶走自己的骨灰其他都可能

在上一部亦即個人第五部詩集《形成愛》付梓之後，尤其是冠狀肺炎病毒開始施虐蔓延之後，我和大部分市民一樣坐困愁城，但是我寫了好些在時間軸上回溯的詩。

這些詩不但標舉了「重返」、「倒帶」、「從前」之類的字眼，表述時也多採用倒敘的形態節奏，而且都不是遊覽詩。

給香港，我寫了新界地區被地產商沒收了曩昔的南生圍，寫了港島迫於交通事故和社會運動而「倒叮」（電車術語，即換纜反向行駛），駛向南京條約的電車史。給臺灣，我寫了海陸相依的鵝鑾鼻，掙扎著回歸魚群和大自然的「最南（難）點」，寫了原住民非自願地印證他族文明，寫了玉蘭花香中每回相見少一人的王國瓔老師。給新加坡，我寫了再至重探源頭本質的動物園、天福宮、四馬路觀音廟、克拉碼頭，寫了對王潤華老師重返殖民記憶的讀後感觸。給中國大陸，我寫了去過、宿過、晚清過的天津，寫了列車先駛向李志的鄭州再駛向包拯的開封。給西班牙，我寫了高迪倒泊於巴塞羅納電車下的魂靈。給西雅圖，我寫了與世長辭的楊牧老師領著我回去盛唐和李杜對坐。而且都不是純粹的回憶或想像。

到我著手編這第六部詩集時，在素來不願局限於狹隘本土主義書寫的能力之外，多了一分前所未有的從容心態。上述大部分篇章輕易構成了詩集開端的第六輯「事到從前」，小部分自覺差異，自發地歸入其他分輯中，於是第五、四、三、二、一、零輯水「倒」渠成，全部六十一首詩各就各位，在數量上又對應了附錄索引裡與我相關的六十一項資料。

從實在不過的生活出發，所收錄的六十一首詩當中有不少在刊發時就加了附注，旨在使不懂的能懂。有的附注說明本事，如「二〇一七年末，觀Dalí / Duchamp Exhibition於倫敦皇家藝術學院」（〈鬍子起飛——觀達利與杜尚展有感〉），提供了我在英國一年摸清楚西方當代藝術本質的時空依據。有的附注演練不同時空間對接的條件，如「奧爾罕・帕慕克（Orhan Pamuk）是土耳其作家，著有《我的名字叫紅》、《純真博物館》、《伊斯坦堡》等，二〇〇六年獲諾貝爾文學獎。二〇〇〇年，周杰倫推出的專輯《Jay》中有一首〈伊斯坦堡〉，由徐若瑄填詞，其中有那麼幾句：『走過了很多地方／我來到伊斯坦堡／就像是童話故事／有教堂有城堡』—（〈如果帕慕克試聽周杰倫〉），讓涉及的他們仨在亞歐分界點上看到共同的存在。又如「嵌用余秀華詩〈雨落在窗外〉末四句：『雨落在不同的地方就有不同聲響／沒有誰消失得比誰快／沒有誰到來比誰完整／沒有誰在雨裡，沒有誰不在雨裡』—（〈沒有誰可以帶走自己的骨灰——記一行禪師〉），各領拙詩一段，讓雨腳在不同緯度上再走一遍禪師平生的心徑。

我寫詩迄今四十多年，既見過不相信理論的人放任每一首詩的開始於自然情緒的觸湧，也見過相信理論的人縛綁每一首詩的完成於他人邏輯想像的開始，包括之前的我自己。冠狀肺炎病毒給了我出乎意料的自由，可以隨心出入於敘事的境地，而且理解到「寫作是寫給一桌死過的鬼，和／未來需要我的人」—（〈來到都柏林〉），所以在為這部詩集命名時，摘用了〈最南點〉中的一句：「比以前慢，比以後快」。

第六輯

事到從前

事到從前

要你不妄信
電車輪回著慢的浪漫
猛然被撞開，八旬老嫗
留給新聞慘叫和血液
下車圍觀的唏噓，不趕時間的刷屏
兩年前德輔道西，半世紀前金鐘
都給過猝不及防的翻覆
有受傷，甚至帶走一個活口

要你不盲從
真理加速好勇鬥狠的輪子
看看歷史從來給不了自己直線

雨打風吹也不關想像的事
地上本來有路
更有老老實實的路軌
人恣意橫行多了
有時也便成了絕路

十之八九的事故，修復
眾口莫辨的封阻，生活
不能不重蹈常軌，於是
倒叮，只有備製的長杆可以
挑動那懸掛渡線上的輸電杆
放開原來的電
接走對面的電

後駕駛室重新開始那一程沒走完
或者回廠的路，車長把長坐的
風景站立起來
離開銅鑼灣標語洶湧的海洋
離開維園外踩爛的雨傘
眾聲喧嘩，奔跑的隊伍
擄走夏天毛髮粘稠的黑暗

倒轉光線的方向
反光鏡總是皮笑，肉不笑
試過在蘭杜街口點燃爆炸
試過向水街車站飛擲仇恨的玻璃
那些熱愛失去的國的憤怒
吼著要先離開原來的路

再走完原來剩下的路
叮叮聲響，被不遠的高處住過的
張愛玲服食入眠
據說她穿旗袍上街
常常想起百年前
外公還在合肥準備鄉試
而莫禮遜剛剛譯完南京條約裡
陰鷙的笑

首刊於香港《明報》〈星期日生活〉，二〇二一年五月九日，搭配香港畫家高立的畫作。收入高立《黑暗夜空擦亮暗黑隕石》（香港：水煮魚，二〇二二年。）

倒帶南生圍

他們的南生圍比較春日苦短
終於點燃煙花沖天的廣告
樓盤炒起來
經紀們團團轉
磚沙炒起來
甜滋滋如栗子
香檳止不住冒泡

他們的南生圍有點撲朔迷離
十一年間七次火患算不算多？
天氣過熱還是電線短路比較好應付？
農地倒泥倒入收地範圍內

包不包括燒死幾間鐵皮寮屋
以及來不及逃生的唐狗？

他們的南生圍霍然越俎代庖
炸開一鍋輿論
電影鏡頭徐徐推進了陌生地
年逾七旬的作家被要求
和自己的詩坐在水泊木橋上
暴曬城市的疏離

地球的南生圍夏去秋來
浮雲和草葉一起聽風的歌
夜晚潑出螢火點點
大片蘆葦輕輕搖曳

讓山貝河悠悠流過
橫水渡還沒開始的時光

注：

南生圍位於香港元朗，是山貝河流經，紅樹林、蘆葦田及池塘所包圍的濕地。此地不但吸引了地產商發展樓宇建築項目，亦使導演陳果拍攝以西西為主角的文學紀錄片《我城》（二〇一五年上映）時前來取景。

——首刊於臺灣《創世紀詩雜誌》，二〇二〇年九月第二〇四期。

他們的原住

山　原來住在這裡
河　原來住在這裡
日　原來住在這裡
月　原來住在這裡
風　原來住在這裡
樹　原來住在這裡
魚蟲　原來住在這裡
飛鳥　原來住在這裡
走獸　原來住在這裡
獵刀　原來住在這裡
弓箭　原來住在這裡

獻祭的頭顱　原來住在這裡
我們的祖先　原來住在這裡

後來　來住在這裡
隆隆槍炮　來住在這裡
殖民的淺白皮膚　來住在這裡
炸藥和剷泥車　來住在這裡
陌生的語言和道路　來住在這裡
文明的瘋癲　來住在這裡
甜美笑靨的汽水瓶　來住在這裡

生活　被民宿
部落　被部落格
他們轉型的道歉　賺走了參觀的掌聲

我們如何復仇　再閃電出擊
我們如何復仇　再鋒銳的刀也割不下他們的電腦

首刊於臺灣《創世紀詩雜誌》，二〇二一年十二月第二〇九期。選入文學台灣基金會編選《二〇二一年台灣現代詩選》（高雄：春暉出版社，二〇二二年）。

最南點

當陸地把繁榮漫延到最南點
的時候，所有居民都
生活成金碧輝煌的廢墟

他們盤踞在頭
嘟噥著要離開的念頭
換來持續不下的高燒
身體也慢慢長出
鱗和鰭

在最南點
誰在海潮中記錄城市的墮落？

誰會把它敘述成更直削
更徹底的懸崖？
縱身一躍撞擊出一腦殼的苦淚？

我和我的同類
繼續游動，但是
比以前慢，比以後快
快到每個細胞浸泡在尖銳的永恆裡
在漂過垃圾的海中
一面保持春花的呼吸
一面慶賀地球的失敗

注：
最南點位於臺灣屏東縣恆春鎮鵝鑾里南，是臺灣島的最南端。

——首刊於臺灣《創世紀詩雜誌》，二〇一九年三月第一九八期。

且聽夢吟

很久很久以前
有眾多先輩
他們無時無刻
連睡夢中
連排泄時
都在看手機

有一天
他們死了
死了很久很久以後
倖存的後代有了燦爛的古文明

屆時，如果廟宇這種建築還在
而且供奉著他們表情包充盈的圖騰
好彩的話，子孫們到來集會
心血來潮的會不會探勘他們日常的詞源？

來不及參與他們的勞作的後人啊
挖掘出雪崩情緒的或然率應該不高
又或者靈位前的小桌上堆起考究過的
燒肉和水果
是因為他們終須一死
還是因為他們必須延續下去？

很久很久以後托夢
從他們灰燼中誕生的情境

驅使他們上山下海搜尋
一種驚險萬分稱作海南雞飯
蜥蜴炒粿條或馬來咖喱角的咒語

首刊於新加坡《聯合早報》〈文藝城〉，二〇二一年八月十三日。

你們來動物園玩

時間給我們帶來
驗證過的飼料
分段交由飼養員送達
分段教育我們不懂捕殺
必須喪失回歸大自然的能力
才擁有正面的幸福

空間給我們帶來
巡視過的想像
必須認知生活是一場又一場的展覽
碰觸到鐵圍欄時要小心
進入人工水道要反省

最遠只能是透明堅硬的大玻璃
不許使勁拍打撞擊

生而為獸，不像你們
想苦悶就苦悶起來
如果文明是要我們卑躬屈膝
那很簡單，跪倒躺下就是了
雖然鄰近的白老虎白犀牛紋風不動
遭受過紛紜的抱怨
甚至措辭強烈的投訴

的而且確，不動的物叫靜物
如果文明硬是要我們生氣勃勃
那也不難，等發情的時候就是了

隨便你們高舉手機
隨便你們花枝亂顫叫囂
我們赤裸慣了
哪個角度都能展示碩大持久的驕傲

——首刊於新加坡《聯合早報》〈文藝城〉，二〇二〇年十一月六日。

重返小坡四馬路

青春總把時間給疑問：
用閩粵語祈求好嗎？
可是觀音嫲好像源自印度
用華語許願好嗎？
可是觀世音又不是北方人
用新語祝禱好嗎？
I think can lah，here新加坡嘛

年紀大的不揣摩了
因為菩薩耳朵靈
我們起大清早，鳥語花香
由髮根到腳尖沐浴了

連腹胃也清空了
出門不穿淺拖，虔誠必須有
專程的仔細和整齊

來參拜，來參詳
買最清芬的蓮花
買最甜實的繁果
買最粗絢的線香
來供奉，縷縷清香在空氣中
比劃我們的主意
規劃我們的後半生
菩薩不會視而不見
和其他善男信女一樣

捐香火錢，添燈油
和其他善女信男一樣
跪地求籤，擲筊杯
我們聽擺攤的師父解簽
我們聽迎合的陽光叨念
去吃精緻齋菜之前，也去隔鄰
克里斯南廟前的爐上插柱香
心願這東西要長話短說
神總有辦法聽懂

——首刊於新加坡《聯合早報》〈文藝城〉，二〇二一年六月十八日。

重返克拉碼頭

擺脫河岸往水中一躍
是絕對的禁止
包括到來花銀兩的海外旅客
包括生活安穩的國民
包括回鄉探親的我們
尤其要好好抓牢孩子
國家未來主人翁的手

擺脫河岸往水中一躍
是突發的攔不住
意外或意志跨越了沿岸鐵鍊欄
讓蛙人下潛打撈沉溺的死亡

二〇一七年六月，二十七歲海軍男子
二〇一八年七月，五十四歲華族男子
二〇一九年八月，四十歲中國籍男子
他們捐棄下一年的生日
遺留給盛世異常陌生的浮腫

擺脫河岸往水中一躍
是先輩日常的默許
久遠的岸上打開刻苦耐勞的貨倉
苦力們輪轉卸貨卸下汗水的日與夜
貧窮教會他們那一代人放心
光著屁股的孩子
沿河追逐嬉笑，互相推搡
不懂命運有多深，有多淺

擺脫河岸往水中一躍
是雕塑家千禧年的思考
藝術教會他烙造前人的記憶
五個銅鑄的孩子
沿河追逐嬉戲，互相推搡
熠熠不斷的笑聲
懂得歷史有多遠，有多近

擺脫河岸往水中一躍
是成年以後的不再
多年來河道已經清理
拂面的風也乾淨如洗
按部就班的富裕教會我們擔心
穿著名牌整潔的孩子

岸旁隨便走走就好
我們懂得打雷有多響，閃電有多亮
都不再習慣旅途中
見過的熱帶孩子
他們跳入浮腳屋外污濁的河中
他們生活粗糙，但都不會生病

後記：

「五個銅鑄的孩子」指新加坡雕塑家張華昌（Chong Fah Cheong）《第一代》（First Generation）中的一組銅雕，千禧年豎立於克拉碼頭岸上，再現新加坡河邊早期居民的生活方式。

——首刊於新加坡《聯合早報》〈文藝城〉，二〇二一年二月十七日。

重返天福宮

無聊的下午跳上石門檻
小孩伸張兩臂，和陽光影子
玩起平衡的遊戲

我指向四十年前的空間
告訴她小六會考前
我和同學相約蹺課
來給天后娘娘磕頭燒香

靠牆而立的石碑
一筆一劃鐫刻了信眾
捐過的心意

字裡行間，我們可以摸索
他們是否兌現的心願

因為跟遙遠的朝廷要過
一塊牌匾，這廟宇後來
被列為國家重點文物來展示
就在駕崩前一年
軟禁中的光緒仍做著他
「波靖南溟」的中國夢

——首刊於新加坡《聯合早報》〈文藝城〉，二〇二〇年三月二十四日。

夜宿天津慶王府

擺在西洋水晶燈下，宴飲和笑語
擺在主樓中庭的亮燦燦下
當我舉箸，當你酌觥
恍然一九四七年以前
從京城帶來的黃金流傳出它的重量
一桌的軍閥想回家奔了他們的廚子

買下英租界這塊地的時候
那個回流的本地人估量
造個入戶臺階在主樓正方
只要十七階半高，只要
一階階爬向沒有老佛爺的所在

爬上去他給自己唱一段《玉堂春》
入夜再去左擁右抱底下衝動不了的欲望
只要不把夢又睡成簾幕層層背後
那傳來的低沉叫聲：
「恆泰——」

初抵劍橋道這大樓的時候
外來的你和老父掂量
被他哈腰迎進來的熱情
只能高十七階半，可以
一階階走向沒有老太婆影子的所在
走上去你們倆回望身後的陽光
給自己的腦袋做主，買下後半輩子
的清靜和福氣，左擁右抱的溫柔背後

最愛把夢又睡成他那張陪笑的臉：
「慶王爺——」

十七階半，沒有增高
也沒有減低，即便你離開多年
即便我只是主樓外套房裡
下榻兩晚的外國賓客
年輕人充滿愛的琴聲飄起
當你舉箸，當我酌觥
品嘗過的時間都貼了點金箔
足夠我們使用的漢語
去交換天津城裡一片升落的月光

後記：

一九二三年，曾經伺候過慈禧和裕隆兩位太后的太監小德張（賜名「恆泰」）退隱家鄉天津。他在英租界劍橋道購地建樓，入戶臺階造十七階半，因為皇帝以外不准高於十八階。移居天津的慶王爺載振看上小德張這樓房，於一九二五年買下，舉家遷入，是為慶王府。一九四七年，載振辭世。其後慶王府幾經變化，如今發展成精品酒店。

首刊於新加坡《聯合早報》〈文藝城〉，二〇二一年十月六日。

第五輯

沒有誰可以帶走自己的骨灰

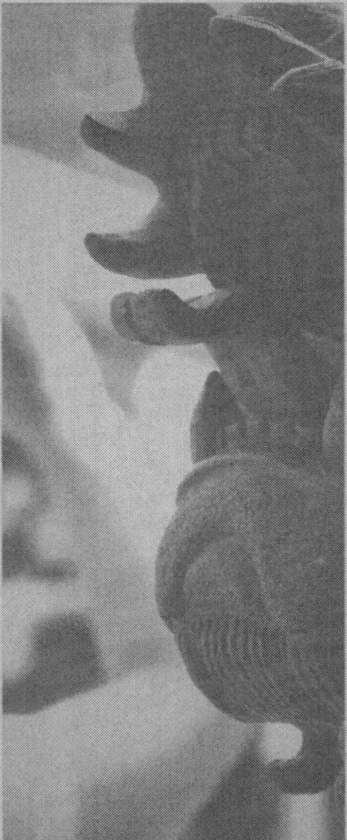

時間改變了很多又什麼都沒有

關於鄭州我知道的少得
可憐，屈指也就李志那一首
還有分享《走馬》的學生
畢了業回去當總裁

停站時我想過下車
但猶豫了一下
列車趕緊關上門
月臺後退成遠去的岸
耳邊隱約有說話聲：
人生不再流經鄭州
似乎也沒有什麼可惜

下一站開封
我知道
包大人在那裡殺過人
用衙門推出的三款銅鍘刀
趙青至今仍霸佔瀝青路
追問滾動的頭顱
同樣是斬首
憑什麼陳世美比他贏得更多雪花的掌聲？

停站時我猶豫了一下
也想到下車
玻璃窗飛走了孔雀
巴黎也有過類似的極刑
斷頭臺刀垂直墜落之前
瑪麗皇后有可能說了句對不起

狄更斯的敘述無力拯救貴族與小裁縫
並沒有使我們知道歷史更多
在揮舞話語成兇器的人的面前

再去幾站，悠久的
地址曲折如掌紋
終於找到不問世事的高人
見與我有緣，悠然沏了壺好茶
氤氳中指點若干
原來轉世以前
我在衙門裡當過仵作
最熟悉血和草席的氣味
所以這輩子都循規蹈矩
除了寫點新詩的時候

首刊於新加坡《聯合早報》〈文藝城〉，二〇二一年一月八日。

旁人——悼歌手盧凱彤

可以哀傷
不要責問
不要去轉動石磨
說她生命的檻
我們從容跨過

每一匝
有長短
我們生命的檻
有一些她也曾跨過
但她悄然

不加後綴

旁人還沒有碾碎的苦痛
濺彈到旁人的石磨裡
再一匝匝轉動
掉落許多慶幸的從容

注：

二〇一八年八月五日，香港音樂人盧凱彤辭世。

——首刊於香港《聲韻詩刊》，二〇一九年三月第四十五至四十六期。

摸索，如潮汐以發光的手指——悼楊牧

拜占庭以外，抑揚
述說著平仄的平衡
經歷過暴力與美，孤獨的頓挫
崢嶸如傘，找到它
應有的位置

與您對坐
在二十年前的西雅圖
春服既成，三四人追隨
句讀工部，譯解太白
樓上，諸橋轍次（もろはしてつじ）小心翻查康熙和集韻
樓下，滿樹的櫻花給我們詩句

以剎那的生老病死
以穿雪取火的跳躍

北西北以外，我們各自
摸索生命，如潮汐以發光的手指
每過一段
太陽或月亮隱蔽
每過一段
時間會悄悄到來
把自己收回去

一橫山嵐，一捺海雨
寫下家鄉故里寧靜的皈依
一句俯視，一句仰望

之間輕輕舉起啤酒杯
與您對坐
在二十年後的花蓮
浪花折疊，齊整如衣
七星潭交付它所有的藍

當奇萊峰巒沉睡如獸
當敦厚的文明腐爛如肉
已知的行旅，您說過
在將盡未盡的地方中斷，靜
這裡是一切的峰頂
而未知的，動
從今往後
打開鵬鯤垂天的雙翼

注：

詩題「摸索，如潮汐以發光的手指」出自老師楊牧詩〈七星潭〉。七星潭位於臺灣花蓮北郊，花蓮是楊牧的故鄉。「在將盡未盡的地方中斷，靜／這裡是一切的峰頂」出自楊牧詩〈時光命題〉。楊牧於二〇二〇年三月十三日辭世，享年七十九。

首刊於香港《聲韻詩刊》，二〇二〇年五月第五十四期。二〇二一年三月十三日，老師楊牧辭世一年。二月中旬，我受新加坡電臺九五八城市頻道邀請，朗讀並錄下拙詩〈摸索，如潮汐以發光的手指——悼楊牧〉。城市頻道在二月二十六日上載podcast（https://omny.fm/shows/958-suo-wei-du-shi/958-9），三月十二日晚十點十五分節目中正式播出。

沒有誰可以帶走自己的骨灰——記一行禪師

雨落在不同的地方就有不同聲響
它充滿過去，也充滿未來
即便不時被雷電捅出滂沱的憤怒
終究會流淌成涓涓的輕盈
而後氣，而後雲，而後沉重
而後又雨落
在不同的地方發出不同聲響

沒有誰消失得比誰快
在空漠又塞滿的宇宙間
一起和你在普林斯頓大學同過窗的
一起從越戰示威隊伍中被放逐出去的

一起建設梅村，一步一土地日常過的
一起登法鼓山跪拜過無邊善意的
一起回去順化賦別血液流動過的
肉身，終究也要離開洶湧的火
也要離開分崩和離析

沒有誰到來比誰完整
沒有誰可以帶走自己的骨灰
生命不斷回來
愛憎不斷回來
戰爭不斷回來
苦痛不斷回來
死亡給了它另一種呼吸的方式
讓萬物移動，讓死亡移動
每個茶杯裡都有一朵雲

沒有誰在雨裡，沒有誰不在雨裡
如果願意，學習你
沒有過去，也沒有未來
專注用心做一滴水
不成為雨的時候
不成為茶的時候
不成為雲的時候
一切都清楚自在的時候
你比慈悲還要慈悲

注：

嵌用余秀華詩〈雨落在窗外〉末四句：「雨落在不同的地方就有不同聲響／沒有誰消失得比誰快／沒有誰到來比誰完整／沒有誰在雨裡，沒有誰不在雨裡」。

——首刊於臺灣《聯合報》〈副刊〉，二〇二二年四月十七日。

相命師

比我們深奧
比我們神秘
他懂得
把時間解卸成一組邏輯
所以徐徐示意我們
坐下

在沿街的攤位前
我們迫不及待
吐露生辰八字以換取
一張平安的地圖
或攤平雙掌，把臉湊前去

希望可以飽覽生命的全局
甚至最完美的結局

「你的手機長什麼樣子，
你的命就長什麼樣子。」
他用平板電腦迅速打開八卦
極高頻的語氣轉述著古人發明的語句
果不期然世紀追隨飛快的蜂窩移動
果不其然未來在毫米波中浩浩蕩蕩
我們懷抱鮮花和理想，無比豔麗

邁向智能亮閃的6G時代
這樣意想到的奇跡我們
準備著深深地領受

準備付費的身體卻猝然著火
觸手可及的幸福砌成了巨大的焚化爐
狂舞的火舌圍噬我們

隨著冷卻的骨灰被吹散
舊聞逐一消逝
我們曾經遺下一丘的手機
沒有親屬敢去認領的肺炎病毒
此時一併堆放在他面前
看他臉上的悲傷
風起雲湧

——首刊於臺灣《自由時報》〈副刊〉，二〇二〇年六月十七日。

徒然草

花簇的欲望豐盛是怎麼一回事？
包不包括不帶風雨也會自落？

韁繩的迂迴婉轉是怎麼一回事？
會不會由始至終捆綁它自己？

為了一片野地的空氣
馬生下來奔跑，它是否察覺
草原或許想方設法要逃離草原？

正如我們哭笑
不需要別人替我們生活

以為凡是圍欄必有內外之分
豁出去的抉擇是最兇狠的勇敢

打從漆黑的源頭，我們
就在使用剩下的時間了
羅盤針晃動，臉部變幻
互換的光暗可曾記得
剪斷臍帶的力度？

從來生命只朝向死
沒有什麼謊言
比完成無辜的遠方
更曲折燦爛
更栩栩如生

——首刊於臺灣《創世紀詩雜誌》，二〇二〇年六月第二〇三期。

下樓慢——聽王師國瓔說

他從香港來
談笑在客廳，跟我們夫婦一起
重登肯特崗的梯級走道
走到民國三十年的時候
爸爸緩緩下樓
四人上羅斯福路吃飯

他從香港來
談論在客廳，跟我說起
爸爸贈他的一箋藍田惘然
隨那小楷寫向晚唐的時候
蕭啟慶徐徐下樓

三人上羅斯福路吃飯

他從香港來
談吐在客廳，我們師徒一起
抽了金陵漫長的煙
在玉蘭花飄香的時候
夕照款款下樓
兩人上羅斯福路吃飯

他從香港來電
談笑在客廳，跟他說起
越南看護還好，臺北依舊那模樣
到放下聽筒的時候
我取紙筆記下他姓名
兀自在飯廳吃飯

後記：

王國瓔老師生於民國三十年（一九四一年），臺灣大學中國文學系教授，著有《中國山水詩研究》、《中國文學史新講》（上、下二冊）等，已退休，居臺北。本詩中「爸爸」指師公王叔岷教授（一九一四—二〇〇八），校讎學家，著有《史記斠證》、《莊子校詮》等。蕭啟慶教授（一九三七—二〇一二）是遼金元史學家，國立清華大學講座教授，著有《內北國而外中國：蒙元史研究》、《元代的族群文化與科舉》，與妻王國瓔返台前曾一同執教於新加坡國立大學二十載。

一九八七至二〇〇〇年間，我先後在新加坡國立大學和西雅圖華盛頓大學求學，受業於王國瓔、王潤華、王靖獻（楊牧）三位教授，影響個人學術與創作深遠。恰巧三位老師都姓王，都生於一九四〇與一九四一年之間。以三位老師為書寫對象，我在二〇二〇年三月以後寫下〈三王詩〉，一是〈摸索，如潮汐以發光的手指——悼楊牧〉，一是〈詩戰地——讀王師潤華《重返詩抄》有感〉，一是〈下樓慢——聽王師國瓔說〉，三種寫法，殊途同歸，紀念我們的師生緣。

首刊於新加坡《聯合早報》〈文藝城〉，二〇二〇年九月十六日。

懂一點科學

他童年時候的科學
從回家孵豆芽開始
週記裡寫下四件要素不能沒有：
空氣、陽光、水，以及
最關鍵的一小塊濕棉花
媽媽離家出走前都給他準備好

他少年時候的科學
從偷吻鄰座的女生開始
課堂裡性教育的遮掩嬉笑
切入小青蛙被剖開來的抽搐
咬著冰冷的冰棒回到家裡

錄影帶中的賭王往撲克牌背面塗上一層液體
時間摸過它之後停留在亢奮狀態好長一段時間

他中年時候的科學
從等待客戶的咖啡因開始
不能太廉價，也不能太昂貴
像買給妻小的禮物，為了
提醒愛等於記得。他還記得
兩個科學家去酒吧的笑話——
A向酒保揚聲道：“Get me a H_2O！”
B緊隨他揚聲道：“I want a H_2O too！”
像生命走到這一步，後者中毒死亡
前者繼續喝他的習慣，也已經沒有其他道路

他老年時候的科學
從研究量詞的力量開始
為什麼年齡是一把一把的？
為什麼公園裡的樹葉是一片一片的？
為什麼博弈是一盤一盤的？
為什麼頻尿是一滴一滴的？
為什麼他人的明天除了永遠，還多長一株玫瑰？
為什麼他的明天連永遠也沒有？

——首刊於新加坡《聯合早報》〈文藝城〉，二〇二一年十二月二十二日。

空間的事

和那些永遠離開的親朋戚友不同
我們呼吸順常
還具備死的能力

所以
牆角的小花
你若放棄孤芳自賞
小天地便沒有了

要不要一樣，或迥異
我們鑽入洞穴
好好想一想

——首刊於臺灣《創世紀詩雜誌》，二〇二一年十二月第二〇九期。

認識時間的方法

我認識的人幾乎都和我一樣
小時候跟著老師
的食指重複說
數十年後我們的孩子也跟著他們老師
的食指重複說
「一分鐘有六十秒
一小時有六十分鐘
一天有二十四小時
一個月有三十天
一年有十二個月或三百六十五天」
但是認識我的人或者都和我一樣

直至電光石火
遇上之前沒有遇上的
愛情，沒有遇上的政治
於是知道有種美好叫不朽
於是否定
飲食和性愛的愉悅
都短暫
對自由和公義的求索
必長久

我們反時間，如水
漫流上下左右
找尋可以死
可以生的空間

我們敲打是非的硬度
戳破權威詞典裡的「偉大」
它是編造出來的謊言
急於用暴力完成

首刊於臺灣《創世紀詩雜誌》，二〇一九年十二月第二〇一期。

第四輯

如果在仲夏一個女人

美麗

去巴塞羅納看高迪

他造的句子太少
而且找不到曲線
同樣使用加泰隆尼亞語生活
別人都說得圓滑，派生流麗
他每個詞都釀成一宗車禍

他造的房子不少
幾乎都找不到直線
別人的方正穩當
被他砌上碎瓦長出絢亮鱗片
屋頂抖一抖起伏流線的龍背
陽臺為了嘉年華戴上舞會眼罩

睫毛撐開渾圓的窗掾，一波接一浪
放海進來，由淺至深的藍
放海出去，捲走室內的直柱
他每層梯階都螺旋一朵夢的泡沫

給別人，也給自己驚訝
當靈感吱吱迸發火花
當鼓掌聲停不下來
甚至無法停止一宗車禍
猝然倒臥的他悠悠
想起小時候
風濕病為他仔細打磨沉默
想起成年以後
探索的大自然沒有直角

正如沒有蛇直來直往
想起一輩子
稜稜角角的傷口吞噬別人的藉口
這時，上帝湊近他耳朵說：
讓你騎龍難下
並非誰都可以的翱翔

後記：

安東尼・高迪（Antoni Gaudí，一八五二—一九二六）擁有「上帝的建築師」美譽，以富於奇特想像力的建築風格名留青史。其作品多充滿大自然生命力的曲線，如在加泰隆尼亞首府巴塞羅納的聖家堂、巴特婁之家、米拉之家和奎爾公園等，都被列為世界文化遺產。我在二〇一六年九月到巴塞羅納時曾去遊覽，深受震撼，念念至今，成詩一首以誌之。

——首刊於新加坡《聯合早報》〈文藝城〉，二〇二一年四月二十三日。

鬍子起飛——觀達利與杜尚展後有感

有人細分晴雨之間的分離點
刻畫具體
描繪抽象
以愛，以死
有人回到最初眾所未知的渾沌裡

我喜歡看你的鬍子起飛
刺傷周邊浮動的雲
我喜歡你把時鐘
調攪成蛋液在枝丫和台沿垂掛欲滴
我喜歡你催促時代的慾望
策動青銅馬奔騰於市場

我喜歡你夏天
和情人躺在浴缸中小睡
我喜歡燕子
飛不了只能死在你的馬蹄上
我喜歡聆聽你
半開的抽屜裡兇狠的陰影起伏

但我更喜歡杜尚
打從你用龍蝦給他打電話
打從他早幾代人想到
從尿液的終生監禁中解救出小便斗
然後坐下來快樂地下棋

後記：
二〇一七年末，觀Dalí / Duchamp Exhibition
於倫敦皇家藝術學院。

首刊於新加坡《聯合早報》〈文藝城〉，
二〇二〇年五月十五日。

趁馬格利特打盹的時候

滴下特效眼藥水的晶瑩
滴出了明察秋毫的眼睛

但是看到你
不等於看見你
我伸手探向你臉上懸空的青蘋果
因為抓不牢實
所以知道那不是一個蘋果

看到我的同時你看不見
被看到我的眼睛所遮蔽的其他
你伸手探向我勾勒填色的褐煙斗

因為裝不了煙草
所以知道這不是一根煙斗

無數黑衣男降下，如雨
滿布戈爾孔達的天空
他們都面目模糊
他們相互保持距離
他們都戴著卡夫卡的圓黑帽
夢一般降落在千門萬戶的夢外
搜尋象徵的意義

生活老在追趕真相
而我們追不上
趁馬格利特挨著沙發打盹

天寒給他蓋張毯子
地冷讓他好好歇息
我們悄悄潛入他夢中
把那些沒遮攔的臉全部盜取出來
興許那些後來不復存在的鼻嘴眉眼
也在看見他們看到的我們

注：

雷內・馬格利特（René Magritte，一八九八—一九六七），比利時超現實主義畫家，名作有《形象的叛逆》、《戈爾孔達》、《人子》等。一九六五年，美國攝影師杜安・麥可斯（Duane Michals，一九三二—）趁馬格利特在沙發上打盹時拍下照片，題為"Magritte Asleep"。

——首刊於新加坡《聯合早報》〈文藝城〉，二〇二一年三月十三日。

翩翩起舞的艾琳・克萊默

一百零七歲的老人
未婚
九十歲那年回返悉尼老家
回返舞蹈
她的善良
都給了剩下的影像和線條

某些地方的老人
視線開始模糊了
摸過的石頭都葬身河中了
他們喜歡抽抽煙，下盤棋
間中又殺掉一批人

注：

艾琳・克萊默（Eileen Kramer），澳大利亞舞蹈藝術家。一九一四年十一月八日生於澳大利亞悉尼。三〇年代學習歌唱與音樂，一九四〇年二十六歲時愛上芭蕾舞，加入芭蕾舞團，首十年在澳大利亞及海外演出，其後六十年在法、美居住工作。二〇〇四年回返家鄉悉尼，至今不離舞蹈。

首刊於臺灣《創世紀詩雜誌》，二〇二一年十二月第二〇九期。

如果你也討厭象徵，如海明威

當一片海不只是一片海
海明威給了它鯊魚，撕咬掙扎
不比青春歲月的非洲好也不比年邁的古巴漁夫壞

當一個小孩不只是一個小孩
他們乖巧完成父輩的命名
並且不忘搶走其他睡夢中的旋轉木馬

當一個月球不只是一個月球
它公開匿藏過的女竊賊，無所事事於是
留給反清復明的人青天碧海的寂寞和悔恨

當一份份協定不只是一份份協定
它們勤于屠宰，有時一刀放血
有時凌遲，整齊排列在紀念碑後面

當一部手機不只是一部手機
星星都被衛星取代，和牛霜降
老莊的屍體腐爛了三天鄰家才發現

當一片葉子不只是一片葉子
它也殺人，掠奪大片土地
不把江湖納入碳排放的議程

當一塊石頭不只是一塊石頭
它選擇在薩依德頭上呼嘯飛翔

它掉落在防暴車與盾棍的前方

當一場場暴風雨不只是一場場暴風雨
我們不復為它們獻花，謹記
離開前清洗一下兩手的血污

後記：
偶見臺灣詩人蕭蕭於臉書貼文：「當一片葉子不只是一片葉子／她才會叫作茶」，使我靈感閃爍，成詩一首。

——首刊於新加坡《聯合早報》〈文藝城〉，二〇二〇年十二月十八日。

如果帕慕克試聽周杰倫

帕慕克肯定厭惡愛情
如果他試聽周杰倫
肯定厭惡那僅僅為了押韻
為了陪你吃漢堡包
迢迢千里來這城市唱：
伊斯坦堡有教堂有城堡

徐若瑄肯定痛恨歷史
如果她試讀帕慕克
肯定痛恨那僅僅為了拒絕遺忘
為了帝國夕陽覆蓋雙膝的哀愁
埋頭鍵盤在這城市說：

伊斯坦堡有教堂有城堡

情歌該怎麼填寫？
歷史該怎麼傳唱？
我翻身上馬，揮刀
割取十指斑斕的尖叫
一路被萬盞馬賽克玻璃燈照亮
從大市場追出迷宮的大蜘蛛
散落一地香料偷情的夢境

趁興盛繁榮的螞蟻窩吃盡降雪的痕跡
咖啡苦不堪言，帶著輝煌的過去而至
一堆堆浩蕩屠殺後的屍骨忙不過來
糕餅甜入肺腑，誘拐未知的未來而去

去大理石澡堂付錢
把身上的每一個毛孔刷洗乾淨

水和肥皂泡沫沖洗入博斯普魯斯海峽
形成一道水的裂縫
裂開左邊是歐洲，右邊是亞洲
縫合兩邊，僅僅足夠帕慕克顫抖的記憶
補充孩提甲板上驚悚的謀殺案
補充樓閣裡家族親友的合照
從來，靈魂的岸不讓乘搭背叛的謊言抵達
每個遊戲歸來的小孩都帶一朵花

我噠噠的馬蹄踐踏過許多童話
廣場上有教堂，高山上有城堡

沸血中有不能承受的絢麗勾當
下次重來，我要摘下帽子
跪在義正詞嚴的博物館前懺悔：
人世間的黑白判然
之間還分裂著一個伊斯坦堡

注：

奧爾罕・帕慕克（Orhan Pamuk）是土耳其作家，著有《我的名字叫紅》、《純真博物館》、《伊斯坦堡》等，二〇〇六年獲諾貝爾文學獎。二〇〇〇年，周杰倫推出的專輯《Jay》中有一首〈伊斯坦堡〉，由徐若瑄填詞，其中有那麼幾句：「走過了很多地方／我來到伊斯坦堡／就像是童話故事／有教堂有城堡」。

——首刊於新加坡《聯合早報》〈文藝城〉，二〇二〇年八月十九日。

在光影碎片中讀父親的詩

——塔可夫斯基電影《鏡子》觀後

患有口吃的記憶可以流利說話了
它喚使靈魂挨過來
命中缺席的父親的詩挨過來
小心跨入你佈置的碎片

曖昧留在陰魂不散的屋前木柵上
空瓶子為了找尋流溢的牛奶而摔落
於是母親不被賦予
中途離去的悔愧

她久久的雨滴，濕淋淋的長髮
彷彿等候著陌生人的痛苦
男人給過愛，也留下了傷害
就像近在眼前的災禍
鄰居葬身火海
那時候，小孩還沒有長大

灰濛濛的凝重與沉重
不只是囊中羞澀的借討
不只是印刷廠隆隆作響
不只是繞著生活奔跑的人不敢停下
不一致的思考是天大的罪與罰
那時候，蘇聯還沒有解體

詩的分鏡始終沒有分給龐然的機器

因為生活
既欺騙不了火與冰
也欺騙不了你和普希金
你啃過排隊等來的麵包
比坦克車還要堅硬
你死後那些尊貴的肉體也活不成
他們每一回夜黑風高還要集體屍變
還要侵殺一切自由的領地

後記：

安德烈・塔可夫斯基（Andrei Tarkovsky，一九三二—一九八六）是蘇聯時期（一九二二—一九九一）電影導演，其半自傳性作品《鏡子》（Зеркало）充滿了碎片式、審視性的鏡頭畫面，被稱作「回憶、夢魘、史實與詩篇的完美結合體」。

首刊於新加坡《聯合早報》〈文藝城〉，二〇二二年四月十五日。同日，早報開卷錄製文學博客，朗讀與賞析本詩，（https://omny.fm/shows/pick-and-read/fu-qin-de-shi）。

如果在仲夏一個女人美麗

如帕格尼尼主題狂想曲第十八變奏
來，給你開一瓶八二年的拉斐
並且嚴格取締
這樣的玩頂好不要約伴
只許你獨身
只許我們四手
聯彈約翰・巴瑞淙淙回憶的十指
模擬漢密爾頓懷錶玻璃面的反光
觸控那些不曾停止移動的羅馬數字
這時冷靜的宇宙向我們顯示
十一點亮光簌簌劃過台海的天空

首刊於新加坡《聯合早報》〈文藝城〉，二〇二二年九月二日。同日，早報開卷錄製文學博客，朗讀與賞析本詩（https://www.zaobao.com/lifestyle/culture/story20220901-1308110）。

哭沙

要失去解釋毀滅的必要了
因為沒有任何脾肺口鼻
比人類的
更容易沉入夢魘

沉入那回去茫茫無路的紅海
沉入晚餐時殺氣騰騰的背叛
忽高忽低，雙翼鼓鼓
毒龍飛出超音速的榮光
甚至暴怒，連連噴火
輕易吃掉一座村落
一個城堡，幾脈子嗣

要災難被賦予敘述的必要
要知道世界上最遙遠的逃亡
不是逃離死亡輻輳之地
而是逃往無所使用的心智
人類啊，為了每年的這些天
重複書寫，用巨大的閱讀量和屍體去鋪排
古老的輝煌，酒液和血液裡
狂濤般的狂歡

狂濤般的導彈
要瓦解了日與夜，才能
堆砌出街頭巷尾的寧靜
如果瓦礫中拖出來的小孩尚活著
血污的臉算什麼？

飛沙走石的父母算什麼？
傾斜自轉的地球算什麼？
撿起他人斷掌中的手槍指向陽光
今後一面戀棧，一面削愛如泥

——首刊於臺灣《聯合報》〈副刊〉，二〇二一年七月二十七日。

人類還好意思住在地球上

亂世不由你
生閃死躲
它不要臉如龐然兵工廠
關起門來，即便地磚也充滿道德
開門見血

於是更加溺愛盛時
繼續在地球上
瘋狂交配愉快
瘋狂消耗滿足
瘋狂屠殺希望
開門見血

就像史書記下的聚落
隨處散發快樂而糜爛的氣味
深刻到像碩大的恐龍被深愛
被氧化，從鼻尖到尾尖，
痛楚的神經被虛擬到震顫的神經線上
空泛到像其他貌似無關的形影
隨意走過消費的記憶
但是選擇什麼時候覆滅
不由你

—首刊於臺灣《中國時報》，二〇二一年六月三日。

第三輯

不飛鳥

PRESTIGE

光透氣

反正你
的決心
懸而未決

他們左燒右燒
記憶的屍體
燒不成
你死亡證上
的灰

滿街煙霧
睜不開眼睛
一座城市無人處理

轉樓閣，叮叮
驟然陌生起來
電車軌的弧度

夜有所夢，光透氣
不時滲點蛙鳴進來
東不成西不就的雪地上
輕盈的腳印找不到
找不到夏天那具身軀

決心發個短訊過去
麻痺的手指頭按手機
像按了被沒收身分證的號碼
凝神屏息
反正你

首刊於新加坡《聯合早報・文藝城》，二〇一九年十一月五日。

吶喊

旗幟四起，四面痛楚的歌
夢了夢又夢
深淵啞得喊不出亮光

沿著往常生活的我們走啊走
走失了耳朵
走失了味蕾
走失了神經線
沿街巨大玻璃窗吞下膽色
連個溜達的身影都留不住
據說稻草都彎腰了

誰不思考雨水
就惹火一地的駱駝
誰沒有準備春天
就抽走撲克牌中的小丑
壽板店也做點奶粉的生意

我們給昨天的表情下了防腐劑
挖出了眼珠
割下了舌頭
移除了心脾
捲入一個純粹的世界
除了森林大火地震海嘯
從來沒有什麼後路

——首刊於臺灣《聯合報》〈副刊〉，二〇二〇年六月十六日。

鮮甜，我們總是一口不剩

天天我們醒來
合力刷牙洗臉三餐洗臉刷牙
堅持文質彬彬

天天某個瘋掉的女人也醒來
拒絕刷牙洗臉三餐洗臉刷牙之前

某天醫生問瘋掉的女人為何堅決
不起床，不學習我們
合力文質彬彬
他在報告中寫下答覆：
「我沒有勇氣。」

沒有勇氣的女人終於
被痊癒，被收拾
出院，被拋回我們合力補好
堅實的網中

曾經勇敢逃脫的魚
深知誠實的內臟既血腥且無益健康
俎上的刀子最快，剩下的
鮮甜，我們總是一口不剩

注：

瘋女人天天不起床與醫生問答兩段取材自香港作家張婉雯「一個瘋掉的女人」小說系列。

——首刊於臺灣《創世紀詩雜誌》，二〇二一年十二月第二〇九期。

把話

把話
投石問路說字正腔圓說衣不曳地說孜孜不倦說
把故事
孟母三遷說朝秦暮楚說峰迴路轉說滄海桑田說
把你們的善良
睜大雙眼說風風火火說首尾乖互說煥然一新說
桃李滿門說信口開河說雨後春筍說破釜沉舟說
寧濫勿缺說問心無愧說四捨五入說生死與共說
要相信月有陰晴圓缺
要堅持地球有光
要反復排比給沉默聽話的大眾說
也給自己說，於是

把你們的忠毅
目不轉睛說馬革裹屍說挨門挨戶說刮目相看說
街頭巷尾說冰清玉潔說任人魚肉說琳琅滿目說
君子好逑說逆水行舟說聞雞起舞說畫龍點睛說
把薄如鋼刀的人性
浸泡到地獄裡去磨快
叫魔鬼直冒冷汗
叫死神三番四次把時針往後撥
儘量把你們留
在人世間
簡稱為人民服務

首刊於臺灣《創世紀詩雜誌》，二〇二一年三月第二〇六期。原題〈簡稱為人民服務〉，結集時修改，更動詩句排列，以此為終極版。

Plan B

她說服自己
天堂給她預留了個金盆
盛滿朵朵白雲，可以把生前遭受的
罵名穢語搓浣乾淨

她也說服自己
要兩手準備，比魔鬼殘暴
先擊碎所有的膝蓋
下到地獄時只有她可以站著喊痛求饒

首刊於香港《聲韻詩刊》，二〇一九年十一月第五十期。朗讀版見《聲韻詩刊》製作的《讀音》網頁，二〇二〇年七月。（http://read.musicalstone.hk/plan-b-/吳耀宗/）

吃飯

有些人反抗生活
是為了堅持某種姿態
有些人堅持某種姿態
是為了生活

或者並沒有什麼需要堅持
到底
道德只是昨日的簷滴

——首刊於臺灣《創世紀詩雜誌》二〇二二年六月，第二一一期。

禁聚日

除了權力
他們能給的都給
比如暴力
給你們堅硬的鐵
有履帶，沒履帶
然後你們擁有了血
給你們桎梏
有電流，沒電流
然後你們擁有了杳然不見的人口
給你們封鎖
有制服，沒制服
然後你們擁有了凜然不滅的燭光

給你們敏感詞
有隱喻，沒隱喻
然後你們擁有了詩和歌
只是與此同時
比你們
他們更懼怕公義
碰撞出劇痛
比你們
他們更酷愛自由
自由地蹂躪自由
比你們
他們更忙碌
而且也沒有擁有地球更多

——

首刊於臺灣《創世紀詩雜誌》，二〇二一年九月第二〇八期。

高危的日常

小說還沒成形
罪惡天天刷屏
沒有人給近海浮屍
大聲通報安頓的方向

要你接受苦難
而且以意義深遠的居多
像接受飲罷殘留的土耳其咖啡渣
它們近身肉搏你的清醒
它們力圖勒死你的邏輯

你再要了杯酪乳，不料

魁梧的侍者打翻午後的陽光
危險到這種程度
暫且跟隨離開的腳步
說多陌生
就有多熟悉

如果前方無路可走了，這世界
陰毒的詛咒都留給敵方摯愛的人
像殘破到不能再華麗的滑板
在公園裡飛騰翻轉時
瞟一眼悠遊自在的煙斗

——首刊於臺灣《聯合報》〈副刊〉，二〇二〇年一月十日。

不飛鳥

年輕人走過，吐了口痰：
「真他媽的羨慕波特萊爾！」

其實該有的，真的
都有。主人特別寵愛我
羽毛絢麗的語言，獎勵我
以防止啃咬的鍍鋅籠子
以及虛掩的朱紅宅門內
大把陽光，陣陣花香
風晃動樹葉
甚至流水的聲音

年輕人疾步走過
多麼美好的時光
他們罵著髒話
他們有時也拳腳相向
就是給不了我他們都欠缺的穹空

大多數日子，糧水充足
我特別享受主人瞅著我站立
重複說他的那些傻話
我知道活著並非純粹
為了要有鳥的樣子

——首刊於香港《明報》〈世紀〉，二〇二一年一月十六日。

熱距離

向所有的鏡頭不冷靜
向所有的不公義出言不遜
圍攏過來的沒有不明白

再裝
入熱水
沸騰的
也只是一壺茶
（放一放，就涼了）

再裝

作語言
沸騰的
也只是一堆嘴巴
（放一放，心就涼了）
在下一桌狼藉之前
夥計趕緊收拾必要的乾淨
和氣氣

——首刊於臺灣《聯合報》〈副刊〉，二〇一九年七月二十三日。

第二輯

背影的前方

既然地獄從來不空置

——讀邱剛健《再淫蕩出發的時候》有感

不害怕
在她的叫喊之間書寫
在她的包含中敲打意象
反正無關私密榮辱
也無關世界的安危

地獄什麼時候都有人
高潮，不過是遲或早
重複去年的雪
進入伊人的隱喻

進入記憶的釘痕
大前年的床和早餐
放蕩，從堅貞的外圍
到核心，適合海葬的搖晃
你堅信
箭頭熱愛生命
萬善　淫為首

——首刊於臺灣《創世紀詩雜誌》，二〇二一年三月第二〇六期。

願你永遠迷路
——讀邱剛健《亡妻，Z，和雜念》有感

鮮血像夢囈溢流而出
迂回於宛轉隱蔽的胡同
嫋繞於你垂下的睡簾
我愛你，祝你永遠迷路

你試過容許，一身素淨
重病的白骨再次站立
乾淨的肉全墜到地
像座頭鯨沉入海底
記憶的黑潮中的手

從中古伸向遙遠的現在，掃過你的背
捂住耳朵，捂住眼眸，捂住鼻子
捂住欲讀的嘴唇

即便所有瑰豔的蛇
都在你移位的頸椎上絲絲吐信
我們對躺，再次
平分蘋果爽脆的安靜，的安穩

如果光用身體不夠生活
我們就披上光暗，略施粉黛
搖搖曳曳看不清楚海
你也愛我，願意永遠迷路

——首刊於臺灣《聯合報》〈副刊〉，二〇二一年一月十九日。

飛翔與鰭之間
——讀隱匿《足夠的理由》有感

幾乎成為魚類讓她領悟
生命是讓青苔慢慢爬上來
我慢慢爬樓梯上來，打開
有河Book浩瀚的飛翔

她不動聲色的笑給出足夠的理由
陽光均勻
雨水沒有長短腳
世界足夠健康，也足夠病號
足夠每天的淡水河溫柔，或者強韌

足夠觀音山和雲去流浪又回歸店中

足夠清醒，認真度過每一個苦痛
讓無數流浪貓的故事經過她
讓不祥的疼痛經過她
讓謹慎的藥物經過她的抽屜
她讓自己經過冷靜的鏡子
讓一杯咖啡經過，讓其他詩人
包括我的詩經過她包攬山海的大玻璃

沒有成為魚類讓她傾向對照
世上沒有冤枉路因為每一條都是
遠方既是到不了也是所在的任何地方
世界給她愈少，她愈完整

沒有旅行的必要，她明白
游向另一種時間的過程
充滿羽翼瑟瑟的回音

——首刊於臺灣《聯合報》〈副刊〉，二〇二一年一月十九日。

詩戰地——讀王師潤華《重返詩抄》有感

每一次離開都旨在
下一次張開新鮮的眼睛，端詳
生養他的土地
生活他的同胞異族
學術他的憂鬱
散文他的憂患
詩歌他的憂傷

一九七三年首次重返
被手榴彈過的雨林仍然年輕率真
高高在上歐洲藍的天空藍得刺傷眼睛
山丘草木接受慣軍令的習慣

都在他紙上生發槍炮與女體的隱喻
魚尾獅游不動跑不了做了神話的囚犯
日日對他吐苦水，吐入堅持反抗的
新加坡河中

二〇一二年二度重返
用古人的界定他年屆古稀
蕉風椰雨被放逐很久了
擎天的鋼鐵森林天天炸出大數據
炸傷他書齋的抽屜，和書稿
他靜靜觀看茶几上的煙雲
說鋼鐵樹葉上的雨露教會我們忘記
南洋和原住民的貧困，痲木於
帶著鑽石和磚頭的想像在陽光中鏖戰

來回往復於那製造神話的熱帶
熱鬧起來的熱鬧
冷靜下來的熱情
熙攘人潮的讓我們更相信小火焰的生機
長夜跳舞的璀璨燈火也讓我們更相信灰燼
他是我老師，在大學教過我《紅樓夢》
他一九四一年生於赤道的溫度，殖民者的戰場
他叫王潤華

——首刊於新加坡《聯合早報》〈文藝城〉，二〇二〇年七月十七日。

騷動——讀高銀《春天得以安葬》有感

曾經他想像自己挖掉眼珠
化作孩童響亮的嗓音
他吟誦真誠，並堅信羞愧可以使
人活得像人
詩活得像詩

倘若明白生命必須等死後
語言便徹底喪失了意義
他竭力追捕答案：
世界漂流了佛陀的遺骸又將漂流什麼？
牛變成了餐肉又將變成什麼？
霍亂菌潛入了北方女子的肉又將潛入什麼？

箭鏃疼痛了士兵的腐爛又將疼痛什麼？
文義村的死亡掩埋了雪又將掩埋什麼？
母親沒有傷痛可以領回家
除了空氣般消失的骨肉

倘若要存活必須隱藏國家的汙跡和恥辱
自由無異於地獄
飛翔的人都遭受刑罰
他親自把憤怒交給時間去磨礪，並相信
抹布擦拭了牢房再擦拭其他會更加輕快
訪客穿過了鐵窗再穿過其他會更加亮閃熠熠
滴水祈求了暴雨來臨再祈求其他會更加滂沱
兒子沒有悲劇可以領回家
除了稜角分明的靈魂

人要活得像詩
詩要活得像人
當休戰關燈融化了災難後的每一寸皮膚
有的屏息，有的喘息
仰望而來的眸子使他相信
觸碰到的手腳毛孔都撒滿了隱喻
只不過更巨大的榮耀吹出了悠揚的口哨
腰下的老虎突然也伸伸爪
劃過何其具體的豔羨，何其可愛的柔滑

——首刊於臺灣《創世紀詩雜誌》，二〇二〇年十二月第二〇五期。

吃冰淇淋的人不悲傷

——讀聶魯達《二十首情詩和一首絕望的歌》有感

因為愛情，愛你沒有的東西
萬物生長出你的靈魂
雨脫掉身上的衣服
水赤著腳走在潮濕的街上
夜鳥啄食初現的星群
你的快樂如火炭咬著她李子般的唇

因為韶稚，你知道
肉質鮮嫩，紛紛
佔據一切，充滿一切

所有的根在搖撼
所有的浪在攻擊
山海無阻皮膚緊緻的表述
由她航向無法到達的地方

因為回憶，你們閃爍
連寂靜也充滿回聲
吃冰淇淋的人不悲傷
你動用永恆天空下的活力
把現實連根拔起
燃燒渴望的篝火

首刊於新加坡《聯合早報》〈文藝城〉，二〇二二年六月二十四日，並有《早報》〈開卷〉文學博客提供朗讀與分析（https://omny.fm/.../chi-bing-qi-lin-de-ren-bu-bei-shang）。

來到都柏林

再堅貞出發之前
我來到都柏林
給自己買了「作家淚」
金黃濃醇三瓶裝

一瓶和昨天的他乾了
吞下苦澀的辭令和夢境
拖曳那些帶鉤的腳鐐
為現實的論述，為煉獄中的夏天
和碼頭銅像一起苦守饑荒
舔舐鱈魚逃出生天的美夢

一瓶和今天的你乾了
加倍炭火，取出冷藏的意志解凍
一邊融入共同體的欲望河，一邊逆流
流向靈魂的聖城
命令坐慣了的語法挺身站立
承受洗心革面的辛酸
和刺痛

一瓶和明天的我乾了
花瓣不停落下
潸然的手悄悄發芽
寫作是寫給一桌
死過的鬼，和
未來需要我的人

不跟隨時間顫抖
我做好暖意的準備
大雪將行
正面或背影
都會留下你我他相視而笑的腳印

後記：

二〇一八年夏遊都柏林（Dublin），購得一款名為"Writers' Tears"（作家淚）的愛爾蘭威士忌，飲時百感交集，作詩誌之。

——首刊於新加坡《聯合早報》〈文藝城〉，二〇二〇年十月七日。

背影的前方

走出車站，你說
豔羨我呼出吸入皆成文字

我說沒有不同，我們都
從事生活

只有哲學，我最近
找到解釋，不用文字
在一部獲獎短片中——

摔斷腿的人被遺棄在高處邊緣
頭頂有牆頭攀不上

腳底有漆黑深淵接收失足的死亡
走出車站，我們打量
彼此剩餘的時間，禮貌地道別
鏡頭下，相對的位置重複著
慘痛的分貝
赤豔的十指血痕

——首刊於新加坡《聯合早報》〈文藝城〉，二〇二一年五月十二日。

生活的氣度

前賢這先天下之憂
而憂我皺眉頭也皺不出來
我只是在不寫詩的時候
也想到中文的好處，絕不是
動輒五千年博大精深云云那種
鎮日喊炎黃子孫龍的傳人那種

後輩那後天下之樂
而樂我也沒有
我只是在什麼都不寫的時候
也想到別的語言的好處
堅信風沒有雌雄之分

沒有任何一個民族比其他民族卓越
沒有任何一種語言比其他語言優勝

所以寫詩的時候
我也和別人不同
把中文的不同推向前方
比如指著新起的樓盤
新高的樓價，脫口而出：
「真是『土』別三日，刮目相看啊！」
聽不懂的繼續聽他聽不懂的

所以我格外積極享受
「萬念俱灰」四字構建的悲壯場面
它痛快地黯然

它黯然地痛快
導致抽象的一個不剩，全在火中燒成
實體的灰燼，而且在風吹散過後
呈現空無與寧靜的清澄
而且那麼湊巧
我沒有能力用其他語言
的性情來講述

——首刊於臺灣《聯合報》〈副刊〉，二〇二一年十一月二十一日。

雪長出骨頭

想要吃素的時候
我取出煙斗來烹調
煙草冒火，芳香
陣陣裊繞
來自二十二顆星
來自暗藍珍珠的味道

雲海之下
群落以及群落
一山還有一山吵
他們用聒噪的夜色

一錘錘敲煉意義
交付給日後斑駁的血跡
他們說他們可不是吃素的

雪長出骨頭
我仰天笑了
噴一口烈火
展開雙翼
向銀河最深處去

——首刊於臺灣《聯合報》〈副刊〉，二〇二二年六月十九日。

第二輯

等待完全贖回完整的臉

End
終止

有人的地方就有性器官

傍晚時分我挨近一棵樹
它枝葉婆娑，自稱是女樹
挨近另一棵時，它發出厚實的男聲
然後又一棵，說原本是女的
然後又一棵，選擇了沉默

我沒有天色漸黑般的困惑
也沒有焦躁不安地逃走
有樹的地方就有性器官
有人的，也一樣
畢竟都是太陽底下的事

挨近一棵樹時你想想
地球從來是殺伐不斷的戰場
有些性別死有餘辜
有些性別死不認輸
有些性別死裡逃生
有些性別死不瞑目

這一片樹林之外
更遠之外，也生長著樹
甚至更弱小的孩子
他穿著哥哥的帆布鞋
天破曉翻越大山去上學
直到多年後，才在都市裡
繫上花裙過生日

晌午時分我離開一棵樹
它盤根錯節，牢固了沉默
離開另一棵時，它發出銀鈴般笑聲
然後又一棵，高喊是男樹
然後又一棵，說要離開這片樹林

——首刊於臺灣《自由時報》〈副刊〉，二〇二〇年二月四日。

疫地人

說時已遲，所以——

有人從時間背後追上來
扣接噹啷斷裂的謊言鏈

有人往道德狹縫中探手
去撿集良心尖銳的碎片

有人堅決逃離隔離
用堅硬的牙齒咬碎最後的氧氣

有人急舉熊熊的火把

點燃開始發黑的軀體
有人搶購存活的機率
帶走更多的口罩和消毒液
有人對著鏡頭流淚
流成一地爬動的鱷魚
有人回收輻射開來的恐慌
有人發放響尾蛇般的咒語
有人允許生，允許死
更有人不。都學不會歷史
隔了這麼些年，死神又是放聲冷笑
推倒前方骨牌一樣的路障

——首刊於臺灣《聯合報》〈副刊〉，二〇二〇年二月十八日。

鷺鷥

不要因為今天飛高了些
就以為有了鷹隼的倒影

順河水
海鷗的部分屍骸
而下

載浮
有時被枯枝固執擋道
載沉
有時分贈喙爪給湍流

並非只有身後
才是他人瞭若指掌的事
影子向來背負一大片光亮
來演出它的黑

——首刊於新加坡《聯合早報》〈文藝城〉，二〇一九年五月十六日。

在重開的酒吧裡爭論生命的問題

末了我們也印證不了什麼
名聲太輕沒用
財富積累太薄沒用
妖嬈伸張的玫瑰沒用
含羞答答的處女沒用
中年以後的生髮水沒用
畫過的名畫和扔棄的塑膠袋一樣沒用
不懂一臉道德背後放刀的教育工作者沒用
麻辣到鍋底的舌尖沒用
拐錯彎的街燈沒用
好勇鬥狠直衝監控攝像機的酒保沒用

好吧，承認我們都沒用
生時哭鬧
帶來貪圖成長的死
死時緘默
帶走連乾縮都不再繼續的皮囊
我們最終離去都會留下骨骼
不燒毀的話做成標本有益社群增廣見聞
或者連同蜘蛛蝙蝠一起嚇人
在我們也慶祝的萬聖節
重新為別人講述一些黃色笑話
重新操政治人物他媽
重新為自己打一場鼻青眼腫的架
譏笑閃閃縮縮在我們背後的鬼
買不到口罩比我們還倒楣

他們加倍義憤填膺，流一地血或
醉倒在座，或揚聲再點了一瓶
又摔碎一瓶，或寫草書般歪歪斜斜
吐著出去，或滿臉羞愧說
對不起我辜負了你

——

首刊於臺灣《聯合報》〈副刊〉，二〇二〇年十二月二十二日。

al dente

即使怒火中燒
也不要對命運比中指
因為它會賜予你一碟義大利麵條
再扔給你一根扭曲欲斷的叉子

——首刊於臺灣《創世紀詩雜誌》，二〇二二年六月第二一一期。

兩端

永遠天空
不會降玫瑰雨
當我們想要
索取更多，更多

就必須蒸發給雲彩更多
我們滿是瘡痍的靈魂
就必須果斷揮刀
割斷靈魂們跳傘的果斷
讓它們曲纏如繩索
甚至懼怕筆直的影子

即使到睡夢裡
地圖也沒有停止過變化
但停止了無關的想像更多
在燈下小心翼翼
把手指裡的鐵釘一根根抽出
那清脆的痛苦
像下雨的聲音
沒入空曠廣場的石板狹縫間

手機總在命定的時刻傳來安慰：
人生其實就是途中
你看，你繞到地球另一端看瀑布
不也就是看看深潭以上的奔瀉？

——首刊於臺灣《創世紀詩雜誌》，二〇一九年六月第一九九期。

再見樸素的空隙

生來就用時間作藤盾
蒼老最懂得陳倉暗渡
它主動攻擊，發動侵略
佔領並日益擴大空間與空間
之間死不帶去的距離
以致衣冠越來越精整
以致權限越來越模棱
以致膝蓋越來越軟弱
以致我們越來越貪慕
不止是年輕
那種兩眼帶刀，知道
一朵花只開一次

一朵花只謝一次
硬是不肯求饒
還有用純真餵養的樸素
如螢光幕上再見避世的音樂人
我們都想摸摸他頭，說沒事的
雖然這世界不會好
雖然眼見多少花開花謝
我—們—偏—要—相—信
聖人永恆了，就不再有時間
千帆瞞天過海
競相撫平羞恥的波浪
幸好小人不死
我們不合權貴使用的心肝脾肺
匿藏在礁岩下跳動不止

——

首刊於臺灣《聯合報》〈副刊〉，二〇二一年四月二十三日。

摸頭

陪你閱讀
翩翩的蝴蝶
是一冊冊打開繽紛的小書
教你認識
一頁頁被動與飛動
句子之間變化的時間

例如「父母」——
奮力活著時希望
你不走他們走過的冤枉路
例如「孩子」——
過去他們曾經是
未來你也曾經是

首刊於臺灣《創世紀詩雜誌》，二〇二一年九月第二〇七期。二〇二二年十一月修訂。

可以的雪

終於又開始了我們
原本年年似曾相似的交易
以及嚅囁不清的傳統
分辨不出是需要
還是習慣的需要

像一隊四蹄飛奔的麋鹿
我們拉動了命運的雪橇
在鬱悶的歡呼和靜謐的吆喝中
在燈明火媚的大型商場中
重新穿越北半球南和南半球北不會下的雪

正是這種雪
經得起想像的磨蝕
經得起時間的壓縮
經得起假壁爐假煙囪的狂熱
在節日結束之前
噗嗤暴長出骨頭

終於又堅強了世界，堅持
不讓電動扶梯的脊椎停止拉扯
不把老人欣慰的笑容從小孩臉上帶走
背景音樂升起冬天的星光
我們整一整口罩
好像瘟疫不曾發生

——

首刊於臺灣《聯合報》〈副刊〉，二〇二一年十二月二十四日。

等待完全贖回完整的臉

比較總是殘酷的
比較總是慘烈的
比較總是直面刀鋒
不管老鼠與蝙蝠，群聚與隔離
歷史不記取血的教訓
電視畫面消失了黑死病
之後還有痲風之後還有沙士
之後還有新冠肺炎病毒還在發奮
交付死神的大批訂單

比較太平與凶年
比較大半生的幸福與這一年的

避無可避，艱辛與漫長
關卡收起響亮的蓋章
沉默大地抓住飛機不放
我們失去大量的遠方
更何況旅客，路人與親友

連超市我們都不敢草率
到餐館都慌慌張張
沒有任何觸碰比雙手
更需要酒精消毒
沒有任何保護比口罩
更猖狂更暴力
它們天天綁架口鼻
一旦我們不滯留宅中，不匍匐線上

前腳踩出家門

比較大半生的光潔與這一年的
兇險，黯淡與漫長，而且未完
只允許兩目與雙耳之間的交接
終於我們弄明白

電視臺一直是靠臉吃飯的地方
市民大多靠它存活至今
終於我們弄明白生命
沒活夠，不輕易離開

新聞天天播放福爾摩斯尖銳的目光
新劇集擺放出其不意的棋局在天花板上
我們耐心地打磨耐性

比較好與壞的不完整
比較成語為什麼敘述現實時總是負面的居多
比較善與惡的堅硬度
比較水深如何連接火熱
等待完全贖回我們完整的臉
要知道從濃妝淡抹到素顏都是美德
如果希望復活去過與未至的遙遠
現在還不是人類放棄表情的時候

後記：

Happy 52nd Birthday to SBC! When writing this commissioned poem, "Awaiting a Full Redemption of Our Full Faces", I thought of how topsy-turvy the world has been throughout this pandemic year. To reflect on our deeply affected lives, the poem revolves around key images of the television broadcasting and the mask which not only protects us from the contagious virus while we gather, but simultaneously hides our faces from each other, whether family members or strangers, in the public areas. As we pay the price for surviving the plague, we wish to return to our normal lives, setting our faces free like those of the news anchors and actors.

受新加坡書籍理事會（Singapore Book Council）邀請創作此詩，並寫下後記如上，發表於理事會五十二周年「社區之夜」，二〇二〇年十二月二十一日。（https://www.youtube.com/watch?v=oKpgWM09chs）

第〇輯

從地球逃出去

與其，或者Team B

從地球逃出去
從此過上幸福快樂的生活

——首刊於臺灣《創世紀詩雜誌》，二〇二二年六月第二一一期。

附錄

關於吳耀宗及其作品的報導、賞析、評論與聲影詮現

夏　心：〈少年十五二十時：讀韋銅雀詩集《心軟》〉，收入韋銅雀：《心軟》（新加坡：泛亞出版公司，一九九八年），序。

伍　木：〈不是滿臉的風沙——韋銅雀《心軟》〉，《聯合早報》〈文藝城〉，一九八八年。

伍　木：〈唯美的悸動——韋銅雀的《心軟》內觀〉，《晚報》〈晚風〉，一九八八年八月二十八日。

伍　木：〈《心軟》的紋路〉，《新明日報》〈城市文學〉，一九八八年八月二十八日。

陳愛玲：〈善感敏銳韋銅雀〉，《新明日報》〈城市文學〉，一九八八年九月十八日。

《年輕族群系列之十二：青春善感的痕跡——韋銅雀專輯》，《聯合早報》〈文藝

城〉，一九八九年一月九日。

吳慶康：〈年輕詩人韋銅雀沉醉在自己的繽紛世界〉，《繽紛人生》，一九八八年九月十四日第十七期，第四十六至四十七頁。

《韋銅雀專輯》，《天空》，一九八九年第二期，第六十四至六十七頁。

木　子：〈韋銅雀在自己臉上洶湧地等待什麼？〉（讀韋銅雀〈在自己臉上洶湧地等待〉），《聯合早報》〈文藝城〉，一九九〇年五月二十三日。

王潤華：〈走向後現代主義的詩歌——讀韋銅雀《孤獨自成風暴》〉，收入韋銅雀：《孤獨自成風暴》（新加坡：點線出版社，一九九五年），第三至十五頁。

楊　平：〈鏡中的風暴——韋銅雀《孤獨自成風暴》〉，《雙子星人文詩刊》，一九九五年創刊號，第七十五頁。

董農政：〈很書包的韋銅雀〉，《後來》，一九九五年十一月第五期，第十八至十九頁。

洪振隆、何寶卿整理：〈微微一談　風暴成型〉（董農政、林高、希尼爾、洪振隆談吳耀宗的微型小說），《微型小說季刊》，一九九七年四月第二十期，第八至十八頁。又見吳耀宗：《火般冷》（香港：青文書屋，二〇〇二年），附錄，第一〇三至一二六頁。
《吳耀宗專輯》，《聯合早報》〈文藝城〉，一九九八年十月。
黃萬華：《新馬百年華文小說史》（山東：山東文藝出版社，一九九九年），第三六四至三六五頁。
劉海濤：〈論析吳耀宗《河馬慢跑》〉，《世界華文微型小說精品賞析》（綜合卷）（北京：中國社會科學出版社，二〇〇二年）。
韓詠紅：〈微型小說不止一副面孔〉（訪吳耀宗），《聯合早報》〈文藝城〉，二〇〇二年八月四日。
黃孟文、徐乃翔主編：《新加坡文學史初稿》（新加坡：新加坡國立大學中文系，八方文化企業公司，二〇〇二年），第三一二至三一三頁、第四三〇至四三二頁。
也　斯：〈小序〉，見吳耀宗：《火般冷》（香港：青文書屋，二〇〇二年），第一至四頁。
朱崇科：〈敘事的原則：無序之則——吳耀宗初論〉，《香港文學》，二〇〇三年四月號（總第二二〇期）。

朱崇科：〈無序之序——破解吳耀宗書寫的一種讀法〉，《人文雜誌》，二〇〇三年九月號；收入朱崇科《本土性的糾葛：邊緣放逐・「南洋」虛構・本土迷思》（臺北：唐山出版社，二〇〇四年），第一二〇至一五五頁。

石　鳴：〈舍簡用繁為哪般〉（論析吳耀宗〈戰略世界〉），《小小說選刊》，二〇〇三年第六期，第三十三至三十四頁。

石　鳴：〈寫作的自在與自足〉，《蕉風》，二〇〇三年五月第四九〇期，第八十二至八十四頁。

許文榮：〈一個知識份子和一個想像都市的對話錄——論吳耀宗微型小說的文體形式、對話及其他〉，《蕉風》，二〇〇三年五月第四九〇期，頁七十四至八十一；收入許文榮：《馬華文學・新華文學比照》（新加坡：新加坡青年書局，二〇〇八年），第八十九至一〇一頁。

許維賢：〈與吳耀宗對談：微型小說：吳耀宗的「文學野心」、表演兼其他〉，《蕉風》，二〇〇三年五月第四九〇期，第六十七至七十二頁。

伍　木：〈唏嘘京旅——解讀吳耀宗的散文《泱泱北京》〉，《聯合早報》〈文藝城〉，二〇〇三年十二月二十五日。
張松建：〈當代世界華文小說：三則閱讀筆記——體制省察、身份反思與國族寓言——吳耀宗《河馬慢跑》〉，《學術中國》，二〇〇四年四月十五日。
賴世和：《新加坡華文微型小說史》（新加坡：玲子傳媒私人有限公司，二〇〇四年），第一三九至一四二頁。
應　磊：〈吳耀宗與書：在乎擁有，天長地久地擁有〉，《聯合早報》〈文藝城〉，二〇〇六年八月十八日。
藤井省三：〈まじめなシンガポールのブラックユーモア小説：吳耀宗『闇の中の太鼓』（暗鼓）「冗談」〉（上），《中国語講座》二〇〇六年第十二期，頁九四至九九。
藤井省三：〈まじめなシンガポールのブラックユーモア小説：吳耀宗『闇の中の太鼓』（暗鼓）「冗談」〉（下），《中国語講座》二〇〇七年第一期，頁一二二至一二七。

黃萬華：〈吳耀宗：讓小說慢跑的詩人〉，黃萬華：《在「旅行中」「拒絕旅行」：華人新生代和新華僑華人作家的比較研究》（北京：中國社會科學出版社，二〇〇八年），第二三五至二四四頁。

孟　樊：〈學者詩人的人生命題——讀吳耀宗詩集《日不落》〉，《創世紀詩雜誌》，第一七一期，二〇一二年夏季號，第一六四至一六七頁。

陳曉明：〈詩性的論說與洞見——試評吳耀宗的理論批評〉，吳耀宗：《被敘述，所以存在：中國現當代文學的論想》（北京：北京大學出版社，二〇一四年），第一至九頁。

南　帆：〈縱橫文本內外〉，《文藝報》，二〇一四年一月六日。

林　高：〈向古城堡索取鳥的叫聲——讀吳耀宗《洽商——布拉格重游》〉，收入林高：《遇見詩——林高讀十九新加坡詩人》（新加坡：玲子傳媒，二〇一五年），第七十至七十五頁。

林　高：〈藏之美——讀吳耀宗《藏身——與妻在希臘》〉，收入林高：《遇見詩——林高讀十九新加坡詩人》（新加坡：玲子傳媒，二〇一五年），第七六至八十頁。

陳子謙：〈從激流中盜火——讀吳耀宗詩集《逐想像而居》〉，《字花》，二〇一五年九—十月第五十七期，第一二二至一二五頁。

洪　慧：〈秋月可以截鐵——讀吳耀宗詩集《逐想像而居》〉，《城市文藝》，二〇一五年九—十月第七十九期，第八十至八十一頁。

廖偉棠、鄭曦暉主持：《逐想像而居：吳耀宗（上）》，香港電臺《和你說說詩》第一〇三集，二〇一五年十一月八日。

廖偉棠、鄭曦暉主持：《逐想像而居：吳耀宗（下）》，香港電臺《和你說說詩》第一〇四集，二〇一五年十一月十五日。

熒　惑：〈時間、塵埃、星空——讀吳耀宗《藏身——與妻在希臘》〉，《立場新聞》，二〇一六年二月二十二日。

余文翰：〈生命的纜繩，歲月的鉛筆刨——吳耀宗詩集《逐想像而居》讀後〉，《創世紀詩雜誌》，二〇一六年三—六月第八期春季號，第五〇〇至五〇五頁。

末　耶：〈漫遊者眼中的香港地〉（評吳耀宗詩集《逐想像而居》），《蘋果日報》，二〇一六年三月六日。

李薇婷：〈在香港，我們以詩栽花——專訪「十八區詩會」發起人吳耀宗〉，《字虱》，二〇一六年六月十六日。

吳耀宗：《來到二〇一六年的西洋菜南街》（音樂、唱讀：姚少龍），二〇一六年六月五日（https://www.youtube.com/watch?v=nHYWpzfHnVs）。

廖偉棠：〈詩的風流蘊藉〉（評吳耀宗詩集《逐想像而居》），《澳門日報》，二〇一六年六月二十二日。

〈吳耀宗在香港專輯〉，《明報》〈星期天文學〉，二〇一七年一月一日。

隱　匿：〈藏身於明亮無悔的人間——吳耀宗玻璃詩報導〉，《有河Book・樂多日誌》，二〇一七年四月二十三日。

李浩榮：〈「逐想像而居」的詩人——聽吳耀宗談新詩創作〉，《香港作家》，二〇一七年五月號第五十五至五十七頁。

周　昊：〈光陰篩出的暴力與柔情——讀吳耀宗詩集《逐想像而居》〉，《聲韻詩刊》，第三十六期，二〇一七年六月，第七十六至七十八頁。

陳志銳：《詩，寫到恰到好處的距離——讀吳耀宗（香港／新加坡）想到》，《聲韻詩刊》，第三十六期，二〇一七年六月，第九十七至九十八頁。

流　蘇：〈形成詩，形成愛與風暴——誤讀吳耀宗〉，《聯合早報》〈文藝城〉，二〇一九年一月十三日。

蘇昕仁：〈現實與超現實的詩〉（讀《形成愛》），《大公報》〈文化經緯〉，二〇一九年四月一日。

楊煉、唐曉渡主編：〈吳耀宗的詩〉，《倖存者詩刊》，二〇二〇年第一期。

吳耀宗：〈摸索，以潮汐發光的手指——悼楊牧〉，新加坡：《九五八城市頻道》，二〇二〇年三月十二日（https://omny.fm/shows/958-suo-wei-du-shi/958-9）。

吳耀宗：〈夜奔〉、〈Plan B〉、〈生命沒有不同，包括石頭〉、〈洽商——布拉格重遊〉、〈履歷之類〉（朗讀：吳耀宗），《聲韻詩刊》製作播客《讀音》，二〇二〇年七月（http://read.musicalstone.hk/tag/吳耀宗/）。

吳耀宗：〈剩下的冰雪給了我們聰明〉（朗讀、音樂、影像：池荒懸），二〇二一年七月九日（https://vimeo.com/573075596）。

吳耀宗：〈在光影碎片中讀父親的詩〉（鄭景祥賞析、靳忻播讀），《聯合早報》文學播客《開卷》，二〇二二年四月十四日。（https://www.zaobao.com/lifestyle/culture/story20220414-1261915）。

吳耀宗：〈吃冰淇淋的人不悲傷——讀聶魯達《二十二首情詩和一首絕望的歌》有感〉（林高賞析、黎康播讀），《聯合早報》文學播客《開卷》，二〇二二年六月二十三日。（https://www.zaobao.com/lifestyle/culture/story20220623-1285290）。

吳耀宗：〈如果在仲夏一個女人美麗〉（鄭景祥賞析、靳忻播讀），《聯合早報》文學播客《開卷》，二〇二二年九月一日（https://www.zaobao.com/lifestyle/culture/story20220901-1308110）。

文化生活叢書・詩文叢集 1301074

比以前慢，比以後快

作　　者　吳耀宗
責任編輯　張宗斌
實習編輯　許雅宣、謝宜庭、莊媛媛

發 行 人　林慶彰
總 經 理　梁錦興
總 編 輯　張晏瑞
編 輯 所　萬卷樓圖書股份有限公司
　臺北市羅斯福路二段 41 號 6 樓之 3
　電話 (02)23216565
　傳真 (02)23218698

發　　行　萬卷樓圖書股份有限公司
　臺北市羅斯福路二段 41 號 6 樓之 3
　電話 (02)23216565
　傳真 (02)23218698
　電郵 SERVICE@WANJUAN.COM.TW
香港經銷　香港聯合書刊物流有限公司
　電話 (852)21502100
　傳真 (852)23560735

如何購買本書：
1. 劃撥購書，請透過以下郵政劃撥帳號：
　帳號：15624015
　戶名：萬卷樓圖書股份有限公司
2. 轉帳購書，請透過以下帳戶
　合作金庫銀行　古亭分行
　戶名：萬卷樓圖書股份有限公司
　帳號：0877717092596
3. 網路購書，請透過萬卷樓網站
　網址 WWW.WANJUAN.COM.TW
大量購書，請直接聯繫我們，將有專人為您服務。客服：(02)23216565 分機 610

本書為臺灣師範大學國文學系 2022 年度「出版實務產業實習」課程成果。部分編輯工作，由課程學生參與實作。

ISBN 978-986-478-775-3
2023 年 1 月 15 日初版
定價：新臺幣 280 元

國家圖書館出版品預行編目資料
比以前慢，比以後快 / 吳耀宗著. -- 初版. -- 臺北市 : 萬卷樓圖書股份有限公司, 2023.01
　面；　公分. -- (文化生活叢書. 詩文叢集 ; 1301074)
ISBN 978-986-478-775-3(平裝)
851.487　　111018045